AF356774

1864 (19-22 décembre)

DÉSIGNATION

DES OBJETS

Tabatières et Bonbonnières.

1 — Jolie boîte de forme ovale en poudre d'écaille bleue, incrustée de fleurs et ornementés en or en couleurs et enrichie de peintures sur émail représentant des volatiles, des fleurs et des fruits. Epoque Louis XV.

2 — Grande bonbonnière ronde en or émaillé violet et bordures ciselées en relief, enrichie d'un médaillon peint sur émail représentant l'offrande à l'Hymen. Epoque Louis XVI.

3 — Tabatière ovale en or guilloché, émaillé jaune orangé avec cordons ciselés en relief. Sur le couvercle se trouve un médaillon peint sur émail représentant l'enlèvement d'Hélène. Epoque Louis XVI.

4 — Tabatière ovale en or guilloché et émaillé vert foncé; le couvercle est orné d'un médaillon représentant un bouquet de fleurs en diamant avec entourages de perles fines.

5 — Jolie tabatière de forme carrée-contournée, en or repoussé et ciselé à figures, dans le style de Watteau et ornements rocaille. Epoque Louis XV.

6 — Boîte de forme carrée en écaille enrichie d'ornements en piqué et posé d'or. Elle est doublée et montée à cage en or.

7 — Bonbonnière ronde en or émaillé gros bleu, à étoiles d'or et cordons ciselés en relief et émaillés. Epoque Louis XVI.

8 — Boîte de forme contournée, en or ciselé à figures et ornements de style rocaille. Elle porte le nom de Gouers à Paris. Epoque Louis XV.

9 — Boîte de forme carré long en or, à fleurs de couleurs émaillées en plein. Epoque Louis XV.

10 — Boîte de forme ovale, en or guilloché et émaillé vert olive, enrichie d'un médaillon peint sur émail représentant des jeux d'enfants. Epoque Louis XVI.

11 — Petite boîte de même forme, en or guilloché et émaillé gros bleu, à cordons ciselés, émaillés en relief et peinture sur émail représentant une offrande à l'Amour.

12 — Boîte de forme contournée, en or repoussé, à figures et ornements de style rocaille. Epoque Louis XV.

13 — Boîte de forme ovale, en cristal de roche, à cuvette montée à gorge à charnière et galons en or ciselé. Le couvercle est orné à l'extérieur d'un portrait d'homme peint en miniature et à l'intérieur d'un sujet maritime.

14 — Boîte ronde en or, incrustée de pierres diverses, formant des rosaces et des guirlandes de fleurs. Le couvercle est orné d'un camée représentant un Triton sonnant de la trompe. Travail de Neubert de Dresde.

15 — Boîte forme baignoire, en or guilloché et à cordons
ciselés en relief. Epoque Louis XVI.

16 — Boîte de même forme, analogue à celle qui précède.

17 — Boîte de forme ovale, en or émaillé gros bleu avec
cordons et vase de fleurs en émaux de couleurs.
Epoque Louis XVI.

18 — Petite boîte ovale, en or guilloché, à fleurs de couleurs émaillées en plein. Epoque Louis XV.

19 — Bonbonnière ronde, en or guilloché, émaillé gris
chatoyant et cordons en relief ciselés et émaillés.
Le couvercle est orné d'un portrait d'homme peint
en miniature.

20 — Drageoir de forme ovale contournée, enrichie de
trois plaques en agate orientale, montées en or
ciselé à fleurs, animaux et ornements. Epoque
Louis XV.

21 — Boîte ovale en écaille, montée à gorge à charnière et
doublée en or. Le couvercle et le fond sont ornés
de mosaïques de Florence en pierres précieuses,
représentant des coquillages sur fond de jaspe.

22 — Boîte de forme carré long, à angles coupés, en or
guilloché et à cordons ciselés. Le couvercle est
orné d'une mosaïque de Neubert, en pierres précieuses à damiers. Epoque Louis XVI.

23 — Boîte de même forme en écaille, à fleurs et oiseaux
en posé or ; elle est montée à cage et doublée en
or. Epoque Louis XVI.

24 — Boîte ovale en vernis de Martin, à figures d'Amours
peints en grisaille sur fond vert; monture à gorge
à charnière et cordons en or ciselé.

25 — Petite boîte ovale, en cristal de roche, gravée à ornements et montée à gorge en or émaillé.

26 — Boîte à deux tabacs, en forme de baril, en cristal de roche, montée à double gorge à charnière en or.

27 — Boîte de forme carré long, en lapis lazuli, montée à gorge à charnière et doublée en or. Le couvercle est orné d'une mosaïque de Florence en matières précieuses sur fond de lapis, représentant un trophée d'armes.

28 — Boîte ovale en or guilloché et émaillé vert et cordons ciselés sur fond bleu. Le couvercle est orné d'un médaillon de fleurs émaillé sur or.

29 — Petite boîte ovale, en ancienne porcelaine de Saxe, à médaillons de paysages et ornements de style rocaille. Elle est montée à gorge, à charnière en or.

30 — Boîte, modèle baignoire, en or, à vase et cordons ciselés en relief. Epoque Louis XVI.

31 — Bonbonnière ronde, en or guilloché émaillé violet et à cordons émaillés en couleurs. Epoque Louis XVI.

32 — Boîte de forme ovale, en or guilloché, à rayons et à figures d'oiseaux et d'animaux en or de couleurs en relief. Epoque Louis XV.

33 — Boîte de même forme et de travail analogue, présentant divers sujets de chasse

34 — Autre boîte analogue à celle qui précède, offrant des sujets champêtres.

35 — Boîte de forme carré long et cambrée en or à ornements ciselés sur fond émaillé bleu clair et médaillon, jeux d'enfants. Travail de Genève.

36 — Boîte de forme ovale en or, à fleurs et ornements
émaillés en grisaille sur fond noir.

37 — Très-petite boîte ronde en or, émaillée bleu clair et
sujet de style étrusque, décoré en rouge.

38 — Boîte en or émaillé, dont le couvercle présente la figure d'un lion couché, le pourtour suit les con-
tours de l'animal, et est émaillé fond rouge.

39 — Petite boîte ovale en or guilloché et à cordons ciselés et émaillés. Epoque Louis XVI.

40 — Grande boîte de forme carrée en agate de l'Inde, taillée
à cuvette et à rayons ; elle est montée à gorge à
charnière en or; le bec et le couvercle sont enrichis de roses et d'un saphir.

41 — Petite boîte ronde en or guilloché et émaillé violet,
avec petit médaillon, représentant un portrait de
femme sur le couvercle.

42 — Boîte de forme carré long, montée à cage en or ciselé
et enrichie de plaques d'écaille, incrustées d'ornements et de figures en or et en nacre de perles.

43 — Boîte de forme carrée à angles coupés en nacre de
perles, avec rosaces gravées et incrustées d'olives en
émail bleu clair. Elle est montée à cage et doublée
en vermeil.

44 — Boîte de forme carrée, enrichie de mosaïques de nacre de perles, avec figures et ornements en or
émaillé. Elle est montée à cage et doublée en vermeil.

45 — Petite bonbonnière ronde, en poudre d'écaille vio-
lette à filets et galons ciselés en or.

46 — Boîte de forme carrée en porcelaine de Saxe décorée de figures et de paysages. Monture à cage à charnière en vermeil.

47 — Boîte de même forme en porcelaine de Saxe, décorée de figures dans le style de Watteau. Monture à gorge à charnière en vermeil.

48 — Autre boîte en porcelaine de Saxe, de décor analogue ; l'intérieur du couvercle présente une figure de femme nue couchée.

49 — Boîte de forme carrée en bois pétrifié à cuvette montée à gorge à charnière en bas or.

50 — Petite boîte ronde en cristal de roche taillé à cuvette, à gorge en argent.

51 — Boîte ronde en écaille, ornée d'une miniature, présentant le portrait de Napoléon Ier. Elle est montée dans une bordure formée par un serpent en or ciselé. La boîte est garnie et doublée en or.

52 — Boîte de forme contournée, ornée de deux plaques en agate orientale et dont le pourtour est en argent repoussé et doré.

53 — Boîte ronde en argent niellé, le couvercle et le fond sont ornés de médailles avec inscriptions russes. Travail de Toula.

54 — Boîte de forme carrée à angles arrondis en jaspe montée en cage en bas or.

55 — Boîte de forme contournée en jaspe sanguin, taillé à cuvette, montée à gorge à charnière en bas or.

56 — Boîte de forme contournée en porcelaine de Saxe, à médaillons, sujets maritimes; à l'intérieur du couvercle, se trouvent les figures d'Arlequin et de Colombine. Monture en vermeil.

57 — Tabatière ovale en porcelaine d'Allemagne, décorée de sujets champêtres.

58 — Boîte ronde en vernis de Martin, galonnée en or et ornée d'une miniature : La Charité romaine.

59 — Boîte en poudre d'écaille marbrée et incrustée de paillettes d'acier, ornée d'une miniature, figures de femme et d'amour.

60 — Boîte carrée en nacre de perles incrustée de pois d'or et montée à gorge à charnière en or.

61 — Boîte ovale en prime d'opale à cuvette, montée en vermeil.

62 — Boîte de même forme en prime de grenat; monture à gorge à charnière en bas or.

63 — Deux petites boîtes de formes diverses en cristal de roche montées en argent.

64 — Boîte ovale en ancienne porcelaine de Saxe, décorée de figures dans le style de Watteau, monture à gorge en or.

65 — Grande boîte ronde en émail de Saxe, fond marbré vert incrusté de grenats et médaillons d'amours peints en grisaille sur fond rouge.

66 — 69 — Huit boîtes en pierres diverses qui seront vendues par deux.

70 — Deux boîtes, l'une en argent repoussé à médaillon représentant Vénus, Adonis, et les amours; l'autre en émail blanc galonnée d'or.

71 — Boîte d'écaille garnie en or et enrichie d'un camée sur coquille, représentant Pie VII.

72 — Boîte carrée en ivoire sculpté, et Petite Boîte ronde en poudre d'écaille incrustée et galonnée en or.

73 — Deux boîtes en écaille posée et incrustée d'or à paysage et ornements.

74 — Deux boîtes en porcelaine décorées de sujets divers, l'une d'elles est montée en argent.

75 — Deux autres boîtes en porcelaine, l'une en forme de pannier, et l'autre à couvercle en émail de Saxe non montée.

76 — Deux boîtes en vernis de Martin ornées de fixés ; l'une d'elles est galonnée en or.

77 — Deux boîtes, l'une en écaille ornée d'une gravure, l'autre en verre bleu doré. Elles sont garnies en or.

78 — Deux boîtes carrées en émail de Saxe.

Bijoux.

79 — Montre du XVIe siècle, de forme octogone, à cuvette en cristal de roche ; monture en vermeil.

80 — Montre de même forme à cuvette en jaspe.

81 — Montre du temps de Louis XIII, en argent ciselé à fleurs, et avec cadran marquant les jours, les quantièmes, phases de lune, etc.

82 — Montre du temps de Louis XIV, offrant le jugement de Paris et des paysages émaillés en couleurs.

83 — Jolie montre à répétition du temps de Louis XV, en or ciselé et émaillé à figures ; bouton et aiguilles garnis en roses

84 — Montre de même époque et de travail analogue, la cuvette présente une peinture sur émail d'après Téniers.

85 — Montre à répétition du temps de Louis XVI, en or ciselé et émaillé à fleurs et attributs.

86 — Autre montre à répétition du temps de Louis XVI, en or émaillé violet et à rosace ornée de roses.

87 — Montre en or émaillé à sujet de personnages et entourage en jargon. Époque Louis XVI.

88 — Montre de même époque et de même style.

89 — Montre Louis XVI en or à médaillon grisaille sur fond jaune.

90 — Petite montre Louis XV en or, émaillé à vase de fleurs.

91 — Montre en or émaillé du temps de Louis XVI, présentant les figures de Frédéric-le-Grand et de l'empereur Joseph Ier, émaillées en grisaille sur fond opalin.

92 — 112. Vingt-une montres des époques Louis XV et Louis XVI en or ciselé et émaillé, à figures et ornements; dont quelques-unes sont enrichies de perles fines. Elles seront vendues séparément.

113 — Montre en forme de chapeau en or émaillé gros bleu, avec roses perles fines. Époque Louis XVI.

114 — Petite montre en or émaillé, en forme de pomme. Époque Louis XVI.

115 — 129 — Six montres en or émaillé, en forme de fruits et de médaillons. Elles seront vendues séparément.

121 — 122 — Deux très-petites montres de forme ovale en or. Elles seront vendues séparément.

123 — Lorgnette en or émaillé, du temps de Louis XVI, renfermant une montre et une chasse à figures mobiles et musique. Travail de Genève.

124 — Flacon Louis XV en or repoussé, à figures et ornements de style rocaille.

125 — Etui Louis XVI en or émaillé, à figures en couleurs sur fond gris perle.

126 — 127 — Deux étuis Louis XVI en or ciselé. Ils seront vendus séparément.

128 — Etui Louis XV en agate, garni en or repoussé à ornements rocaille. Le poussoir est formé par une rose.

129 — Autre étui en cristal taillé, orné d'émaux en relief et à gorge en or repoussé.

130 — Etui en émail de Saxe à figures et ornements en relief en or, monture en argent.

131 — Etui en agate, à gorge en argent et poussoir orné de rubis.

132 — Etui à parfums en argent ciselé à figures et ornements émaillés. Il se développe en six compartiments formant cassolettes.

133 — Etui en vernis de Martin, à décor d'oiseaux sur fond rouge chatoyant.

134 — Autre étui, porte-flacon en vernis de Martin, décoré d'oiseaux en camaïeu rouge sur fond vert.

135 — Etui de forme ovale, décoré de figures d'enfants en couleurs sur fond or.

136 — Etui analogue, décoré de figures d'enfants en grisaille sur fond rouge.

137 — Souvenir orné de plaques émaillées à paysages et figures, monté en bas or. Epoque Louis XVI.

138 — Souvenir orné de plaques d'émail, décorées de figures d'enfants en camaïeu rouge sur fond bleu ; monture en argent doré.

139 — Souvenir analogue à celui qui précède ; il est décoré de figures d'enfants en camaïeu rouge sur fond jaune.

140 — Souvenir en lapis monté en or et orné de deux plaques en prime d'opale.

141 — Etui en cristal de roche, taillé à pans, monture en argent doré.

142 — Petit flacon de poche en cristal de roche, de forme aplatie.

143 — Autre flacon de poche, de forme ronde à pans.

144 — Flacon du temps de Louis XV en agate, monté en or repoussé à fleurs et ornements de style rocaille.

145 — Flacon en porcelaine de Saxe, formé de deux dauphins reposant dans une coquille.

146 — Autre flacon en porcelaine de Saxe en forme de bouteille, garnie d'osier.

147 — Deux flacons en porcelaine de Saxe, décorés de figures.

148 — Petit flacon en porcelaine de Saxe, formé d'un groupe d'enfant et de chèvre.

149 — Deux pièces en porcelaine de Saxe : petit flacon formé d'une figure de Turc et figurine de Scapin.

150 — Béquille de canne en ancienne porcelaine de Saxe à figure de femme, en ronde-bosse, et décorée de personnages dans un paysage.

151 — Petit flacon en or repoussé et émaillé à fleurs. Epoque Louis XV.

152 — Etui en galuchat, contenant un flacon en crista taillé, garni en or.

153 — Deux pièces : cassolette en or émaillé et flacon en verre opale garni en or.

154 — Flacon en argent du temps de Louis XV, et cassolette en émail montée en argent.

155 — Médaillon à deux faces en argent doré et émaillé, enrichi de pierres diverses ; il contient deux sculptures en bois reperçées à jour. Travail gréco-russe.

156 — Pomme de canne ornée d'incrustations de pierres diverses, représentant des mouches, et cassolette en vermeil en forme de cœur couronné.

157 — Deux cassolettes en argent en forme de cœurs couronnés.

158 — Deux pièces en cristal de roche. Reliquaire de forme octogone et petite cuiller à manche en vermeil finement ciselé.

159 — Bague marquise dont la plaque de forme ovale est entièrement couverte de pierres fines telles que brillants, émeraudes, rubis, saphirs, turquoises, opales, etc., etc.

160 — Broche en forme de grande mouche en or, enrichie
d'un rubis, d'opales, d'émeraudes et de roses.

161 — Très-grande plaque de corsage, en argent ciselé à
feuillages et finement repercé à jour, enrichie de
diamants, émeraudes, rubis et perles fines. Travail
du temps de Louis XV.

162 — Bague ornée d'un camée représentant une tête de
philosophe grec, sur onix oriental à deux couches,
avec entourage en brillants.

163 — Petit cachet, tête de nègre en onyx garni de roses.

164 à 166 — Sept croix diverses, enrichies de rubis, de
roses, d'émeraudes; deux d'entre elles sont en
or émaillé.

167 — Deux bracelets en or émaillé et à maillons ornés de
pierreries.

168 — Deux autres bracelets de même style et de même
travail.

169 — Bracelet et pendants d'oreilles, ornés de médaillons
ronds, à rosaces en pierres diverses. Travail de
Neubert

170 — Deux plaqu   acelets, en or émaillé et enrichies
de roses. Travail de l'Inde.

171 à 174 — Quatre bracelets, ornés de pierres diverses
et émaillés, qui seront vendus séparément.

175 — Epingle en or émaillé, représentant Saint-Georges
terrassant le Dragon. Travail italien du XVIe siècle.

176 à 185 — Quinze plaques de corsage ou broches en or et
en argent enrichies de roses, d'émeraudes et pierres
diverses, et qui seront vendues séparément.

186 à 188 — Trois parures composées d'une broche et de deux pendants d'oreilles en or, enrichies de rubis et de perles fines. Seront vendues séparément.

189 — Parure de corsage, composée de trois broches en forme de nœuds, en or émaillé, enrichies de rubis et de perles fines.

190 — Une broche et deux paires de pendant d'oreilles, en argent doré et émaillé, enrichis de grenats et perles fines.

191 — Parure en argent doré, enrichie de cornaline et de cailloux du Rhin; elle se compose d'une plaque de corsage, de deux plaques de bracelets et de deux pendants d'oreilles.

192 — Collier en argent, enrichi de grenats.

193 à 196 — Douze paires de pendants d'oreilles, ornés de pierres diverses, qui seront vendus par lots.

197 — Collier et pendants d'oreilles en argent, enrichis de de roses.

198 à 202 — Plaque de corsage, pendantifs, etc., enrichis de pierres diverses, qui seront vendus par lots.

203 — Plaque de ceinture en cuivre doré, enrichi de deux grandes demies perles et d'une grosse perle baroque. Travail chinois.

204 — Petite plaque en argent à émaux translucides représentant le Christ en croix et deux Saintes Femmes, et deux petites plaques de bracelet.

205 — Un collier formé de maillons en filigrane d'argent doré.

206 — Epingle d'homme, formée par un perroquet en or émaillé, reposant au-dessus d'un rubis.

207 à 211 — Sept bagues juives, à ornements en filigrane
d'or et parties émaillées ; elles seront vendues séparément.

212 à 224 — Vingt et une bagues du xvi° siècle et du temps
de Louis XIII, en or émaillé ; enrichies de pierres
fines. Seront vendues séparément.

225 à 238 — Vingt-trois bagues du temps de Louis XV et
de Louis XVI. enrichies de brillants, de roses, de
rubis, d'émeraudes, etc. Elles seront vendues séparément,

239 — Bague en or, du temps de Louis XV, enrichie de deux
portraits en miniature.

240 — Anneau émaillé intérieurement et extérieurement, à
sujets mythologiques. Epoque Louis XIII.

Émaux et Miniatures.

241 — Portrait de la grande Catherine de Russie, miniature
ovale sur ivoire.

242 — Miniature ovale, portrait de femme du temps du
Louis XV.

243 — Miniature ronde sur ivoire, portrait de femme en
costume du temps de la République.

244 à 245 — Quatre miniatures diverses, qui seront vendues par deux.

246 — Deux miniatures ovales, portrait de l'Empereur Joseph Ier d'Autriche, et petit portrait de femme.

247 à 250 — Huit peintures sur émail, représentant divers
sujets pour broches, et qui seront vendues par
deux.

251 à 256 — Douze peintures sur émail, représentant divers portraits d'hommes et de femmes, des époques Louis XIV, Louis XV et Louis XVI. Elles seront vendues séparément.

257 — Trois plaques de bracelets, dont deux du temps de Louis XIII; l'une d'elle est émaillée sur or.

258 — Quatre cuvettes de montres, à sujets divers émaillés en couleur, dont trois sur or.

259 — Dessus de boîte en porcelaine de Saxe, à sujet dans le style de Watteau, et deux peintures ovales du temps de Louis XIII.

260 à 261 — Douze peintures sur émail, représentant divers sujets saints, en camaïeu rouge.

262 à 263 — Onze peintures sur émail, représentant divers sujets saints en couleur.

264 — Cinq émaux divers sur or.

265 — Dix autres émaux à sujets et blasons.

Cristaux de Roche.

266 — Jolie coupe de forme ovale à sept lobes, enrichie d'ornements gravés et bien évidée.

267 — Vase de forme cylindrique, à ornements gravés en creux; il repose sur un piédouche, et est accompagné d'un couvercle taillé à canaux creux; monture en vermeil,

268 — Vase en forme de calice, dont le culot, le piédouche
et le couvercle sont garnis de cristaux de roche.
Le reste du vase est en vermeil, à figures et ornements gravés.

269 — Deux flambeaux très-bas en cristal de roche, de
belle qualité.

270 — Petit vase forme balustre à deux anses prises dans
la masse et ornements gravés, travail chinois.

271 — Un lot de cristaux de roche pour lustres et autres
objets. Ce lot sera divisé.

Sculptures.

272 — Ivoire. Vidrecome dont le pourtour est orné de
quantité de figures sculptées en haut relief. Il est
monté à anse, couvercle et doublé en vermeil. Le
bouton du couvercle est formé par une figurine
d'enfant en ivoire.

273 — Ivoire. Vase dont le pourtour représente un sujet de
chasse sculpté en relief. Il repose sur un pied
orné de cariatides de satyres et de sujets de chasse
en vermeil repoussé. Le couvercle de même en
vermeil, est surmonté d'un cor de chasse et d'animaux en ivoire sculpté.

274 — Ivoire. Groupe représentant Léda entre les bras
d'un satyre.

275 — Ivoire. Figure en ronde bosse, du Christ couronné
d'épines.

276 — Ivoire. Figurine en ronde bosse, le Christ au poteau.

277 — Ivoire. Vénus callypige debout, portant des fleurs.

278 — Ivoire. Ronde-bosse; martyre de Saint-Sébastien.

279 — Ivoire. Groupe; le Christ mort accroupi entre les bras de la Vierge.

280 — Ivoire. Deux bas-reliefs et quatre tourelles, représentant divers sujets saints de style gothique.

281 — Ivoire. Bas-relief; le Christ flagellé, derrière lui se trouve un de ses persécuteurs; monture de style gothique en bois sculpté et doré.

282 — Ivoire. Bas-relief, représentant la Vierge, l'Enfant Jésus, saint Jean et autres saints personnages.

283 — Ivoire. Haut-relief de forme carré long, représentant la sainte famille.

284 — Ivoire. Bas-relief de forme carré long en hauteur, martyre de Saint-Sébastien.

285 — Ivoire. Bas-relief sans fond. Saint personnage en contemplation devant le Christ.

286 — Ivoire. Haut-relief sans fond. Le Christ flagellé, composition de sept figures.

287 — Ivoire. Bas-relief sans fond. Chien effrayé.

288 — Ivoire. Bas-relief carré, représentant une scène du Déluge.

289 — Ivoire. Bas-relief représentant le Christ au poteau, vu à mi-corps.

290 — Os. Bas-relief, représentant l'Annonciation. Travail vénitien du XIVe siècle.

291 — Ivoire. Bas-relief, représentant une Piéta. Travail du XVIIe siècle.

292 — Ivoire. Deux bas-reliefs ovales, représentant les figures de saint Pierre et de saint Paul.

293 — Bois. Très-belle poire à poudre de forme ronde, représentant des chiens à la poursuite d'un sanglier; monture en argent, à animaux en relief.

294 — Ivoire. Bas-relief, représentant la communion du Christ.

295 — Ivoire. Bénitier dont le fond repercé à jour, représente la descente de croix, d'après Rubens.

296 — Ivoire. Bas-relief de forme carrée, représentant la Crèche.

297 — Ivoire. Bas-relief ovale, représentant Vulcain forgeant.

298 — Ivoire. Volet de Diptyque, représentant le couronnement de la Vierge. Travail du xv⁰ siècle.

299 — Ivoire. Médaillon de forme ovale, représentant divers travaux d'Hercule. Entourage en ivoire sculpté à figures.

300 — Ivoire. Figure de Diane debout.

301 — Ivoire. La Vierge debout les mains jointes.

302 — Ivoire. Figurine d'enfant dansant.

303 — Ivoire. Cuiller, couteau et fourchette à manches ornés de cariatides.

304 — Ivoire. Deux bas-reliefs; l'un représente des jeux d'enfants et l'autre un sujet mythologique.

Orfévrerie et Objets divers.

305 — Joli repoussé de forme ovale sur argent, représentant le triomphe de Vénus.

306 — Autre beau repoussé de même forme sur argent, représentant un combat de cavaliers.

307 — Beau repoussé de forme ronde sur argent, représentant le triomphe de Sylène.

308 — Autre beau repoussé de forme carré long en hauteur, représentant le Jugement de Pâris. Travail du XVIᵉ siècle.

309 — Deux grands flambeaux en argent repoussé, dans le style de l'époque Louis XIV.

310 — Grosse montre anglaise de voiture, en argent, repoussé à figures et ornements de style rocaille.

311 — Plaque de forme ovale en émail de Limoges. Peinture en émaux de couleurs attribuée à Suzanne Courtois, et représentant Adam et Eve tentés par le serpent.

312 — Plaque carrée en émail de Limoges, représentant le Christ montré au peuple.

313 — Cinq assiettes en faïence de Castelli à paysages et ruines. Ce lot sera divisé.

314 — Vase de forme ovoïde, en faïence à reflets irisés, orné de mascarons et de draperies en relief.

315 — Drageoir en forme d'Ours en terre cuite, émaillée en brun.

316 — Boîte de forme carré long, enrichie de plaques d'ivoire gravées à fleurs et oiseaux et repercées à jour.